**editora Urutau**

rua maestro demétrio kipman, 210,
jardim américa, bragança paulista — sp,
12902-130, brasil

avenida peirao besada, 6 – 2D
36163 poio-pontevedra
(espanha)

[+34] 644 951 354 [espanha]
[+55] 11 9 4859 2 426 [brasil]

www.editoraurutau.com.br
contato@editoraurutau.com.br

[EDITORES]
tiago fabris rendelli & wladimir vaz
[COORDENAÇÃO DE REVISÃO]
debora ribeiro rendelli
[REVISÃO]
marcella sarubi
[CAPA]
wladimir vaz
[DIAGRAMAÇÃO]
victor prado



**dados internacionais de catalogação na publicação (CIP) de acordo com ISBD**

almeida, rodrigo novaes de

A447d do amor e de outras tristezas histórias de violência e morte / rodrigo novaes de almeida. bragança paulista, sp: editora urutau, 2021.
72 p. ; 13 x 19cm.

ISBN 978-65-5900-125-5

1. literatura brasileira. 2. conto. I. título.

CDD 869.8992301

2021-3000 CDU 821.134.3(81)-34

elaborado por vagner rodolfo da silva - CRB-8/9410

# DO AMOR E DE OUTRAS TRISTEZAS:
## HISTÓRIAS DE VIOLÊNCIA E MORTE

RODRIGO NOVAES DE ALMEIDA

[primeira edição]
**URUTAU**
agosto de 2021

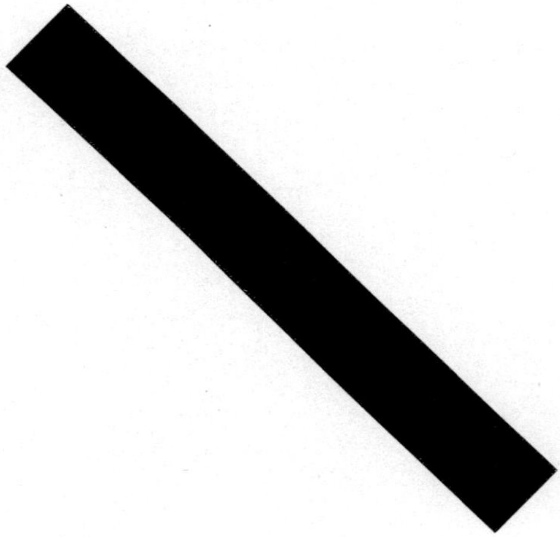

## sumário

*Para a minha mulher e a minha filha, Christiane e Amanda, que foram duas fortalezas durante todo o meu tratamento.*

*Sem elas, eu não teria conseguido chegar aqui.*

## [prefácio do autor]

Eu trabalhava nesta coletânea dando continuidade ao universo temático da coletânea anterior, *Das pequenas corrupções cotidianas que nos levam à barbárie* (Editora Patuá, 2018), e, em certa medida, aprofundando-o, quando a pandemia da Covid-19 chegou e, ao mesmo tempo, fui diagnosticado com câncer. Não havia mais para mim — e descobri posteriormente que para muitos outros escritores — como escrever se não fosse descrever a própria realidade que se impunha sobre nós. Qualquer ficção, nesse período, soava vazia e falsa. Assim, os contos foram guardados na gaveta e passei a escrever um diário. Mas do diário veio também o ritmo de escrita que ditaria o romance autobiográfico que escrevi nos primeiros meses da doença. Um ano depois, tendo passado por uma quimioterapia com direito à Covid-19 no quarto e último ciclo, cirurgia, pós-cirúrgico e radioterapia, voltei ao romance e aos contos que havia guardado; é quando decido que a coletânea deveria terminar justamente com a "Breve trilogia das enfermidades", em que os temas trabalhados antes na ficção agora se encontravam inexoravelmente na realidade e o único modo de lidar com esta realidade era escrever sobre ela. Este seria, portanto, o epílogo ideal para o livro que o leitor tem em mãos.

Dentro do universo temático que escolhi trabalhar nos contos, a brutalidade ora explícita, ora implícita do bicho homem com os seus pares, retomei alguns personagens de outros contos, como o matador Miguel, que havia aparecido no conto homônimo da coletânea publicada em 2018, "Das pequenas corruções cotidianas que nos levam à barbárie", e no conto "Das coisas que se faz sozinho e o tédio". Aqui ele volta em "Cachorro-louco" e "Smiley vermelho", e como coadjuvante em "O que fazer quando confrontado por um cachorro?". Este, por sua vez, tem os bandidos de "A necromante, os lobos e as ovelhas" como vítimas do personagem Cachorro-louco, que no conto que leva o seu nome é apenas citado. Já a velha necromante é a dona Elsa de "Abra os olhos", da coletânea de 2018, conto no qual o estuprador é o mesmo bandido que usa uma balaclava preta em "A necromante, os lobos e as ovelhas". Em "Smiley vermelho", Miguel assiste no noticiário uma reportagem a respeito do assassinato que ocorre em "A primeira vez de um homem". Na coletânea de 2018, já havia acontecido algo semelhante, quando Miguel lê em um portal de notícias no conto "Das coisas que se faz sozinho e o tédio" uma matéria sobre o assassinato de "Voyeur". Estas são algumas das conexões entre os contos, como um jogo de quebra-cabeças em que o leitor é convidado a jogar. Para mim, o autor destas narrativas, é o modo de dizer que todas as histórias fazem parte de uma única e grande história, e extrapolando além — assim escrevo no último conto desta obra —, como se eu e outros contadores de histórias escrevêssemos todos juntos a narrativa do mundo.

*São Paulo, 5 de maio de 2021.*

## Todos os infernos no mundo

*Eras todos os dias um cão que se podia abandonar.*

CLARICE LISPECTOR, *Laços de família*

Você abdica de pensar sobre o destino de seu pai, morto em um quarto de hospital dez anos atrás, com os intestinos saturados e expostos. Você não foi ao seu enterro nem à missa de sétimo dia. Não encontrou sua mãe e seu irmão durante todos esses anos. Você volta agora à cidadezinha em que nasceu, na chapada, e não reconhece as ruas, a praça, a igreja, embora sejam as mesmas ruas, a mesma praça e a mesma igreja, sólidas e imperturbáveis, do tempo de sua infância. E você diz para si mesma:

— Também agora não reconheço o rosto de mamãe.

Você está diante dela. E sua mãe é apenas corpo, esse corpo deitado dentro de um caixão simples de madeira, cercado de flores amarelas. Seu irmão, a mulher e os sobrinhos estão sentados na primeira fileira de bancos da capela, no cemitério imemorial da cidadezinha. Você olha para os sobrinhos, uma menina de oito anos e um menino de cinco. Você não os conhecia até esta manhã. Eles olham para você, e você imagina que eles estejam pensando: "Ah, é a tia que a vovó dizia ser a desnaturada que foi embora". E você diz para si mesma:

— Mamãe nunca me perdoou.

A menina olha para a tia e pensa: "Como ela é bonita! Vovó sempre falava da beleza da tia Helena... Sinto saudades da vovó. Papai disse que ela foi para um lugar muito bonito no céu. Mas ela está ali deitada e não acorda mais. Eu sei que vovó morreu. Morrer é não acordar nunca mais."

O menino olha para a tia e pensa: "Será que ela vai gostar do José? Depois vou perguntar pra ela se quer brincar comigo e com o José. Mamãe não deixou ele vir com a gente, disse que cemitério não é lugar de cachorro. Mas eu vi um cachorro preto aqui no cemitério. Quero voltar logo pra casa e brincar com o José."

Você precisa sair da capela. Não se sente bem. "O cheiro das flores, sim, são as flores", você conclui. Você sai. Mas apesar da manhã agradável de outono no planalto, o ar fresco é inóspito. Você atravessa o cemitério até a saída, desce a rua, cruza a praça, passa diante da igreja e sobe a rua do outro lado, em direção à colina. A rua termina e você segue por escarpas secas.

Você chega ao alto da colina. Perto de você, uma árvore solitária com folhas vermelhas e marrons. Você, testemunha da indiferença do meio-dia, indiferença a tudo que paralisa toda a gente. Todavia, não impediu você de ir embora daquela família, daquele lugar, mais de uma década atrás. E você diz para si mesma:

— Fui embora no ônibus do meio-dia. Não fiquei paralisada, apenas entrei nele e parti. Eu era o diabo que em qualquer dos dias poderia abandonar aquela família que se podia abandonar. Aquele pai ignorante que ia de vila em vila vender roupas velhas e miudezas sem serventia. Paulo, o mascate. Eu me envergonhava do senhor, pai. E mamãe, a dona de casa. O que esperar de uma gente que permanece toda uma vida aquém daquilo que deveria ser? Nada. Uma família assim é uma família que se pode facilmente abandonar.

Agora você está de volta e, do alto da colina, olha a cidadezinha lá embaixo. Para você, uma clareira aberta no planalto onde habita a exiguidade. Você se lembra da conversa que teve com seu irmão nesta manhã. "Pelo menos viesse visitar nossa mãe uma única vez em todos esses anos", ele diz para você. Você não tem o que dizer sobre isso. Então você pergunta por que ele escolheu nome de gente para um cachorro. "Para que tenha uma alma" é a resposta dele. Você tem uma premonição, mas escolhe ignorar. Olha para a árvore solitária ao seu lado. As folhas vermelhas e marrons farfalham. Você percebe o vento, respira fundo o ar velho do planalto, no entanto, não se esquece do seu irmão. E você diz para si mesma:

— Você desde pequenino sempre seco e matemático, irmão. Mas, como toda a gente, aquém daquilo que deveria ser. Também você foi alguém que se pôde facilmente abandonar.

O cachorro preto do cemitério seguiu você até a colina. Agora brinca com um graveto pelo campo aberto. Você chama o cachorro. Ele larga o graveto e olha para você. Não se aproxima. O sol de outono está sobre suas cabeças. A paisagem é um excesso de nitidez e você se vê em um sonho lúcido, um sonho no qual seu duplo diz para você que sua fraqueza foi ter voltado a essa cidadezinha, que ter voltado a essa cidadezinha foi ter assumido o seu crime. Seus olhos estão afundados nas órbitas, os olhos do cachorro estão afundados nas órbitas. E ele continua a olhar para você. Como se adivinhasse os seus pensamentos, ele diz: "Não há crime, ninguém vai para inferno algum". Mas isso você sabe há muitos anos. Talvez soubesse desde sempre. O cachorro pega o graveto novamente e corre pelo planalto com ele na boca. Vai muito longe e você não o enxerga mais.

Você olha para o relógio no pulso. Logo se surpreende com outro pensamento: "Voltei a esta cidadezinha, ao útero morto dessa família, e perdi o enterro de mamãe". Você começa a descer o despenhadeiro, e, como se não bastasse ainda, você diz para si mesma:

— Alguma coisa se quebrará também dentro de mim em um dia azul como este. Permanecerão apenas dentes e ossos, os rejeitos da terra.

## Carta para vovó

*O céu está alegremente salpicado de estrelas cintilantes, e a Via Láctea destaca-se com tal claridade, como se antes da festa alguém a tivesse lavado e esfregado com neve...*

ANTON TCHEKHOV, *Vanka*

Rosana Batista era uma menina de onze anos quando fora entregue para uma família de classe média alta de São Paulo. Naquela noite, ela chorou mais uma vez no quartinho sem janelas da área de serviço do apartamento. Sentia-se sozinha e abandonada. Encostou a porta que dava para a lavanderia e pegou sob o travesseiro o bloco de papel, a caneta Bic e o envelope que furtara de uma gaveta da sala de televisão.

"Querida vovó Lurdes Batista" — redigiu ela. "Escrevo esta carta para pedir à senhora que venha me buscar."

Rosana parou e olhou para o papel. Releu a primeira frase. Respirou profundamente e enxugou as lágrimas.

"Estou nesta casa há três meses, eu acho. Não sei muito bem. O senhor e a senhora Freitas me tratam muito mal. Eu vi quando eles prometeram à senhora que eu teria estudo aqui, eles chegaram sorridentes na cozinha da fazenda do senhor Vieira, disseram que ali eu seria um peso depois que mamãe morreu e que o meu futuro estava na capital, com eles e com seus dois filhos, eu seria a filha que eles não tiveram..."

A menina imaginou a avó na cozinha fazendo as comidas que o senhor Vieira adorava, o cheiro da lenha e da manteiga derretendo, do pão no forno. Ela pensou em pegar alguma coisa para comer na geladeira, mas se lembrou da única vez que fez isso e da surra que levou da dona da casa, senhora Márcia. Era ela quem fazia seu prato diariamente e não podia comer nada fora das três refeições. Mais lágrimas escorreram pelo seu rosto. Rosana as enxugou e continuou a escrever:

"Vovó, a senhora Márcia é uma bruxa, ela é muito má comigo. Ela me acorda para eu arrumar as crianças para ir para a escola, depois me obriga a varrer a casa e a passar pano nos móveis. Outro dia deixei cair e quebrar alguns copos, ela gritou comigo e disse que eu pagaria por eles, que eram caros. Ela brigava comigo com um caco de vidro na mão, achei que fosse me cortar."

"Ah, vovó, a senhora sabe que não sou de reclamar das coisas, que eu a ajudava na cozinha, eu varria o chão para a senhora, por causa da sua dor nas costas, lembra? E a senhora me dava aqueles pães maravilhosos que preparava para o senhor Vieira. Era tão boa a vida na fazenda, mesmo depois que a mamãe morreu daquela doença terrível no pulmão. Foi tudo tão rápido. A tosse que não parava, depois o sangue, aí ela foi para o hospital e não voltou mais. Sinto muita falta da mamãe, e da senhora também. Eu sei que achou que era o melhor para mim, mas eu tenho medo de morrer se ficar aqui."

"As crianças são pequenas, o mais velho tem sete anos e o caçula, cinco. Eles gostam de mim, mas eu não posso brincar com eles. Eu não posso brincar com ninguém. E que falta eu sinto! O Pedrinho, filho do seu Antônio, como ele está? Ele ainda vai mergulhar no açude? Aqui no prédio tem piscina, eu vi da janela outro dia. Não posso descer. Não posso sair do apartamento."

Rosana suspirou e se lembrou dos passeios que dava até o açude depois da escola com o Pedrinho, filho do administrador da fazenda. Os dois atravessavam um bosque de pinhais, e no verão a sombra das árvores refrescava seus corpos e era sempre muito agradável. Éramos tão felizes, pensou a menina, com lágrimas escorrendo na face outra vez.

"Saí apenas uma vez nesses meses que estou aqui para ajudar a senhora Márcia a levar as crianças num shopping" — continuou. — "Eu nunca tinha visto vitrines tão iluminadas, pareciam aquelas luzes que colocamos na varanda do casarão nas épocas de festas em junho. E São Paulo é tão grande, tão cheia de carros. Os prédios são altos e as pessoas são muito ricas, mas vi também na rua quando passamos de carro algumas pessoas pobres deitadas na calçada. É triste demais, vovó. Tudo aqui é triste demais. E eu estou com muito medo. Não é somente da senhora Márcia. É do senhor Carlos também. Acho que tenho até mais pavor dele do que dela. Ele sempre me olha de forma estranha, e outro dia ele deu um tapa no meu bumbum e disse que eu era crescidinha para onze anos. Eu nunca tive tanto medo em toda a minha vida."

“Vovó amada, por favor, eu suplico à senhora, venha me buscar. Por Jesus Cristo, Nosso Senhor, não me abandone. Tenha dó de mim, vovó. Serei sempre sua netinha, Rosana.”

A menina soltou o papel do bloco, dobrou e colocou dentro do envelope. Guardou tudo sob o travesseiro. Precisava agora arrumar um jeito de colocar a carta nos Correios. Lembrou-se que faltara algo. Pegou novamente o envelope e a caneta e escreveu:

“Para a vovó Lurdes, na fazenda do senhor Vieira.”

## Cachorro-louco

A televisão estava ligada em um canal de notícias. Miguel esperava um telefonema. Tinha um serviço para fazer. Na tevê um desembargador dizia que sua categoria — de filhos da puta, pensou Miguel — dera aumento a si mesma, pois não dava para ir toda hora para o exterior comprar terno e por aqui um importado saía mais caro, além disso, argumentava ele, havia ainda camisas, sapatos decentes — italiano, claro! —, entre outras necessidades exigidas pelo trabalho. Disse isso com muita naturalidade — Miguel percebeu — e terminou enunciando que é de se esperar que a justiça precise estar sempre apresentável. Este é um filho da puta profissional, concluiu Miguel, desligando a tevê. Já estava pronto. Usava a sua antiga farda de policial militar. Fora expulso da corporação depois de um processo que levou o batalhão inteiro aos tribunais, numa época bem curta de moralização das forças de segurança. Essas épocas vinham e iam, apenas para efeito midiático e para beneficiar algum grupo político em detrimento de outro. Mas os que se fodiam realmente eram apenas os soldados rasos dentro dessa fascinante engrenagem que nos move a todos: o Estado democrático de direito, um faz de conta que os caras no topo da pirâmide inventaram como cala-boca para os intelectuais de plantão. Miguel era cabo, e embora tenha sido expulso, não é verdade que tenha se fodido no final das contas. Tinha as conexões certas e, assim, um serviço ou outro para fazer, o que rendia mais dinheiro do que nos tempos de batalhão. O telefone tocou. Devia ser o sargento, presumiu Miguel. O sargento também não era mais da corporação. As patentes ficam, pensou ele antes de dizer alô. Seu interlocutor passou todas as informações em dois minutos. Sim, aqui é o sargento. Sim, serviço confirmado. É muito simples. Passo aí por volta do meio-dia. O dinheiro está comigo. Vamos recolher três vagabundos das ruas. Sim, tenho os endereços. Um deles se escondeu na casa da irmã no interior, mas já mandei buscá-lo. Vai ser na casa do meu cunhado, ele empresta a garagem. Fica no subúrbio. Sim, tranquilo. O quê? Não. São estupradores. Sim, os piores vermes, estupradores e pedófilos. Crianças também, malditos. Mataram depois. Sim, mataram todas as vítimas. Não, não. Não vamos fazer nada dessa vez. Não. A ordem é esperar. Pois é, são as ordens. Não, não vamos fazer nada, Miguel. Quer a grana? Obedece, então. Devemos esperar um tal de Cachorro-louco. A gente só leva os caras e aguarda por ele. Não sei. Passo aí meio-dia. Combinado. Miguel desligou o telefone. Serviço marcado. Merdas de estupradores, ainda por cima pedófilos, revoltou-se. Pior é não poder fazer nada, não poder arregaçar com eles. E quem é esse Cachorro-louco? Nunca ouvi falar dele. Não podemos nós mesmos fazer todo o serviço? Vamos ficar sem a parte divertida. Na época do batalhão não tinha disso. Todos participavam das torturas e execuções. Não tinha arrego pra vagabundo. O tenente-coronel podia voltar com o nosso grupo. Por onde ele anda? Deixa pra lá, é grana, então a gente obedece. Olhou para o seu relógio Seiko automático do tipo militar no pulso. Dez e meia. Era cedo. Ligou novamente a televisão. Zapeou os canais para passar o tempo.

## O ex-pugilista

Josué lutou em duas categorias quando era lutador profissional, meio-médio, na maior parte da carreira, e médio-ligeiro, no final, quando já aceitava todo tipo de luta. Não chegou à elite do boxe, embora fosse um lutador técnico e dono de um *uppercut* letal. Fora dos ringues há mais de dez anos — e sobrepeso que o colocaria entre os meio-pesados —, Josué se virava como podia, às vezes trabalhando como segurança de algum empresário ou político, outras, como técnico de algum jovem promissor. Estava sem beber há quatro anos, muito graças ao Benjamin, dono da academia que ele frequentava desde os nove anos e seu ex-treinador, como de tantos outros nas últimas cinco décadas. O velho Ben, era assim que os rapazes o chamavam, sempre considerou Josué um filho, e segurara a barra da depressão e do alcoolismo do ex-pugilista.

O treino da manhã costumava começar cedo, por volta das cinco. Era um pessoal que vinha do serviço na madrugada, vigias, bombeiros, policiais, garçons, ou que acordava ainda escuro para treinar antes de ir para o trabalho. Uma gente mais casca-grossa, comprometida com a arte, pensava Josué, diferente daqueles que treinavam por volta das sete, oito da noite. Ele preferia estar com o pessoal da madrugada, sua gente. Josué estava sentado em um banco de madeira em um canto do grande galpão que funcionava como academia do velho Ben. Via um pequeno grupo colocando a bandagem de proteção nas mãos e conversando.

— Bom dia, garoto — disse o velho Ben, que se aproximou sem que Josué percebesse. O velho chamava todo mundo de garoto.

— Bom dia, Ben — disse Josué.

— Não vai treinar hoje, garoto?

— Estou esperando o Thomas. Vamos fazer uma sessão de luvas.

— Thomas luta quando? Mês que vem?

— Daqui a vinte dias — respondeu Josué.

O velho não disse mais nada. Deu um tapa no ombro do Josué e foi em direção ao grupo, que já se aquecia fazendo exercícios de repetição em frente ao espelho.

— Vamos lá, seus preguiçosos! — gritou Ben.

O treino começara.

Josué observava enquanto esperava Thomas e pensava em como era revigorante o sentimento de pertencer àquele lugar. Quase perdera tudo, afinal. Se não fosse o velho. Olhou com afeição para Ben. Obrigado, meu bom amigo, disse em voz baixa, para si mesmo.

Seus pensamentos se voltaram para o jovem. Thomas nunca se atrasa, admitiu Josué, pegando o telefone celular no bolso da calça. Ligou para o rapaz. Caixa postal.

— O que foi, garoto? — perguntou Ben, que novamente se aproximou sem que Josué percebesse.

O velho parecia não tocar o chão. Devia ter um jogo de pernas espetacular em seu tempo de lutador, presumiu Josué.

— Thomas nunca se atrasa e seu telefone só cai na caixa postal — respondeu. — Aconteceu alguma coisa. Vou atrás dele.

Josué saiu do galpão e entrou no carro. O que pode ter acontecido? Thomas não é de fazer besteira. Tem futuro. Que droga, rapaz! Onde você se meteu? Josué virou a chave da ignição. O motor pegou. Primeiro, ao seu apartamento, decidiu. Deu a partida.

O ex-pugilista parou o carro em frente ao prédio que Thomas morava. Era uma construção baixa, de cinco andares, feita de tijolos de barro e construída há mais de um século. Não tinha elevador. Subiu a escada até o terceiro andar e percebeu a porta do apartamento de Thomas entreaberta e com sinais de que fora forçada pelo lado de fora por um pé-de-cabra. Ele abriu a porta tomando cuidado para não fazer barulho. Entrou no apartamento.

À esquerda ficava a cozinha, que estava vazia. Seguiu em frente e, ao chegar na sala, encontrou o rapaz sentado numa cadeira de ferro, amarrado, com o rosto ensanguentado coberto por hematomas. Tinha um pano de chão enfiado na boca. Josué correu em direção à cadeira quando foi surpreendido por dois homens. Esquivou-se do primeiro, que tentara atingi-lo com um soco, e acertou um cruzado de esquerda na orelha do segundo, que vinha logo atrás e caiu com o golpe. Virou-se e teve tempo de encontrar o primeiro homem ainda desequilibrado; derrubou-o com um direto no maxilar.

Então, tudo escureceu. Josué não percebeu um terceiro indivíduo se aproximar dele; a coronhada na nuca o apagou. Acordou preso a uma cadeira de ferro ao lado da cadeira do amigo.

— Josué, faz tempo, hein! Pensei que estivesse morto de tanto beber, mas até que está com uma cara boa. Quem diria? — disse o homem que deu a coronhada.

— O que faz aqui, Rick? O que você quer?

— Ora, ora! O velho pugilista virou babá? Estou vendo que ainda se lembra de alguma coisa dos velhos tempos, derrubou esses dois idiotas com facilidade. Está treinando o rapaz?

— Sim, por quê?

— Porque você vai precisar colocar juízo na cabeça desse moleque. A gente tem uma mala de dinheiro pra ele, mas ele não quer cair no segundo round. Aí fica difícil, sabe?

— Ele não vai entrar nessa, Rick. Cai fora!

— Você conhece o jogo, Josué. Não depende de mim. A gente só obedece.

— Eu sei muito bem, mas o Thomas vai ser campeão um dia, não vai participar dessa patifaria.

— Patifaria? O que foi, Josué? Virou santo? Você já recebeu muita grana suja e agora vai dar uma de honesto pra cima de mim? Vá se foder! Ou o moleque entra no esquema...

— Ou o quê? Vai apagar a gente?

— A ordem é apagar o moleque se não aceitar o acordo.

— O rapaz é fora de série, Rick. Deixem ele em paz.

— Não funciona assim, Josué.

— Então liga pra eles, diz que o garoto vai valer mais quando for campeão. A gente faz um trato. Eu me responsabilizo, vai.

Ricardo ficou em silêncio. Pensava no que Josué tinha acabado de dizer. Os dois capangas estavam agora perto da porta da cozinha, em pé. Haviam usado o banheiro para limpar o rosto. Um deles tinha um corte na boca e pressionava-o com um pedaço de papel higiênico para estancar o sangue. Thomas escutara toda a conversa sem poder se manifestar. Permanecia amordaçado e o rosto estava bastante inchado, não era possível ver seus olhos.

— Tudo bem, vou ligar, Josué. Mas saiba que faço por você, sempre gostei do seu jeito de lutar. Você tinha estilo, parecia aqueles antigos lutadores.

Ricardo se afastou, pegou seu telefone celular e fez a ligação. Menos de dois minutos, voltou.

— Não vai rolar, Josué. Sinto muito. — Antes que Josué pudesse falar mais alguma coisa, Ricardo sacou a pistola Sig Sauer P250 subcompact calibre 380 ACP que estava em um coldre de ombro sob o seu casaco e acertou dois tiros no peito de Josué, que tombou levando consigo a cadeira. Thomas começou a se revirar e tentou gritar. Se não fosse o rosto desfigurado, seus olhos estariam arregalados àquela hora.

— Então, moleque, disse Ricardo, vai ficar com a mala ou vai fazer companhia pra esse traste no inferno? O que foi? Não entendi. — Ricardo tirou o pano de chão da boca de Thomas.

— Eu aceito. Fico com a mala.

— Ótimo. Bom rapaz. Viu como foi fácil?

Ricardo guardou a pistola Sig Sauer P250 subcompact calibre 380 ACP no coldre e deu uma última olhada no corpo do ex-pugilista caído no chão. Uma poça de sangue havia se formado. Uma pena, eu gostava dele, era um cara durão, lamentou-se. Em seguida, caminhou para a porta e, antes de sair, ordenou aos capangas que arrumassem a sujeira e se livrassem do corpo. A luta seria adiada algumas semanas.

## Delação

Eu tinha doze anos de idade quando me interessei por escutar as histórias dos outros, para os adultos, uma criança não eram ouvidos que se dessem importância, mal sabiam esses homens da narrativa que estou prestes a contar, que de histórias reveladas em um restaurante de um clube naval, uma delação seria feita cerca de trinta anos depois. Talvez estejam todos mortos hoje, o meu pai, médico, ginecologista e obstetra, e um dos mais jovens do grupo de amigos que jogavam tênis duas ou três vezes por semana no clube, está morto há dez anos. Certo homem, senhor já naquele tempo, um alemão que dividia o ano em seis meses no Brasil e outros seis na Alemanha, não sei o seu ramo de negócio, eu costumava observar com mais atenção, talvez por ser um dos poucos estrangeiros que eu conhecia — ainda mais um de barba e cabelos ruivos — e ter um sotaque estranho, acentuado ao falar sobre a Segunda Grande Guerra e da prisão em que estivera após o avião que pilotava ser abatido pelas forças aliadas (não sei bem se no espaço aéreo entre a França e a Inglaterra — o campo de prisioneiros era neste país — quando tinha dezenove anos). Recrutado aos dezessete, ele dizia que muitas vezes acontecia de pilotos inimigos em voos de reconhecimento balançarem as asas do avião para informar ao inimigo que não estavam dispostos a travar uma batalha naquele dia. Não era sempre que funcionava. Não sei o que devo considerar anedota de um velho prisioneiro de guerra ou o que são verdades históricas nesses relatos, ou ainda mentiras e exageros de um adolescente numa memória de quarenta anos atrás. Enquanto eu e meus irmãos mais novos jantávamos frango à la Kiev, as esposas falavam frivolidades, e esses homens de meia-idade conversavam sem se importarem comigo; eu os escutava sobre seus trabalhos, suas vidas, que, àquela altura, naquele tempo, me pareciam muito mais interessantes do que as de qualquer outro grupo, como as de suas mulheres banais. Evidentemente, eu não entendia tudo o que diziam. Havia em especial um homem baixo, gordo, para mim com rosto e jeito antipáticos, que era quem eu menos compreendia, apesar do alemão com sotaque carregado e suas histórias fantásticas, era este outro um homem que, anos depois, conhecendo melhor os tipos humanos (e não necessariamente suas almas), eu classificaria como desses que gostam de contar vantagens, assumir publicamente as próprias safadezas como conquistas respeitáveis, dignas de homens inteligentes que sabem aproveitar uma oportunidade, e se deleitam com isso; e os amigos, se não ouviam com admiração e um pouco de inveja, hoje eu especulo, ficavam instigados a compreender melhor como este Brasil, dentre todos os países, realmente fazia as suas engrenagens públicas e privadas funcionarem há muitas e muitas décadas sempre iguais. Eram meados dos anos de 1980, a transição da ditadura acontecia de forma gradual e lenta seguindo o missal, como se espera de uma nação que investe em manter a memória do que é importante morta acima de tudo, o homem das oportunidades acabara de chegar a um posto de diretor numa das mais promissoras empresas petrolíferas do mundo, pública, nacional, filha de um país continental e mãe de centenas de cidadãos premiados, diplomados, fluentes em línguas de alto e baixo clero, especialistas no comércio exterior e no submundo do crime do colarinho branco. O digníssimo recém-empossado diretor vangloriava-se da nova casa na região serrana, era lá que todos os executivos dos esquemas da companhia compravam mansões, em condomínios fechados, e conversavam sobre como eram absolutamente homens especiais em um país como o deles. Cerca de vinte anos depois, eu conheceria outro diretor da mesma empresa, quatro ou cinco presidentes civis da República depois, com casa em um dos mesmos condomínios. Havia mais sofisticação, é claro. Mais dinheiro em jogo, também. O país era mais rico, o roubo maior. Este homem de negócios mantinha escritório em cobertura de prédio tombado da antiga capital federal, cidade da sede da empresa petrolífera, de onde ele podia ir e vir a pé, escritório no país mais rico do mundo e postos avançados em regiões de miséria da África, que davam milhões às empresas lobistas dele e de sócios ex-funcionários da estatal. "Mas antes eram outros tempos", diriam homens de fala e gesto mansos, "agora os tempos mudaram e não vamos tolerar isso!" Esse outro diretor foi preso durante uma das maiores investigações federais sobre corrupção de compra e venda de uma refinaria que mal poderia ser vendida a um ferro-velho, segundo os jornais. "Os tempos mudaram", havia anos não comíamos mais frango à la Kiev, o diretor atarracado e antipático dos anos de 1980 já devia estar aposentado ou morto, os esquemas eram conhecidos por todos e replicados nas empresas privadas, setores inteiros concebidos dentro delas para a corrupção, uma corrupção civil-militar desde o início (tal como hoje, neste final de mundo interminável sobre esta terra devastada pela peste e pelos homens). Entretanto, eram tempos em que já estávamos um pouco distantes da anti-civilização dos antigos porões contra a ameaça comunista, o velho fantasma que amedrontava as noites de toda a gente mediana deste país. Tais bárbaros viriam depois, novamente, com crucifixos, o Antigo Testamento debaixo de um braço e a legislação importada do outro, pois a nação caíra nas mãos de um partido que se voltava para questões difíceis, complicadas, que nunca deveriam ser mexidas, feridas que não tocamos — "a miséria é um bem nacional e a senzala só mudou de nome há cento e trinta e um anos" é uma ladainha popular da pátria. A oportunidade para derrubar um governo, qualquer governo, ainda mais um nessas condições, e de rapinar todo um país outra vez todo o tempo esteve aí, e o Departamento de Estado estrangeiro que contribuiu durante décadas para as ditaduras e as republiquetas de bananas do continente, como se tornaram de modo folclórico conhecidas em todo o mundo, sempre soube disso. Só que agora o ouro negro jorraria em abundância e havia uma tecnologia avançada para extrair um oceano de óleo de debaixo da terra e do mar. Então, aconteceu. A história, pelo menos esta, todos afirmam saber, independentemente do nome que dão. Mas as demais histórias todos também sabiam, dos tenentes e capitães aos generais, brigadeiros e almirantes, dos vereadores aos deputados, senadores e presidentes, dos engenheiros aos diretores das grandes empresas público-privadas, porque nada neste país é apenas público ou apenas privado, como nada da memória é guardado por muito tempo, mesmo em seus porões, mesmo hoje aqui, diante de vocês, deste tribunal, ao fazer minha delação, com mais de trinta anos de atraso, a delação de um menino de doze anos que adorava comer frango à la Kiev e ouvir histórias.

## O que fazer quando confrontado por um cachorro?

A garagem da casa no subúrbio tinha cheiro de mijo, merda e cachaça vagabunda. Sem carros. Uma lâmpada de luz branca e fraca no teto iluminava o lugar. Os três homens estavam amarrados a cadeiras de ferro, dessas ordinárias que se encontram em qualquer pé-sujo, amordaçados e vendados. O cheiro de mijo e de merda vinha deles. Esse é o verdadeiro cheiro de justiça, pensou o cabo, que agora estava num canto, perto da parede dos fundos e dos galões de aguardente caseira, limpando o sangue da sua faca tática Imbel IA2 Policial comprada em dez vezes sem juros no cartão na época em que era mero soldado, enquanto o sargento falava com ele. Os filhos da puta já cagaram toda a garagem do meu cunhado. Temos que nos livrar deles. Calma, sargento! O tal do Cachorro-louco deve estar chegando. Bateram na porta da garagem. Aí, viu? O sargento foi até a porta. Era o Cachorro-louco. Ele tinha sido mercenário no norte da África e no Oriente Médio. Brasileiro, lutara ao lado de outros militares reformados ou expulsos das forças armadas de seus respectivos países. Gente de Equador, Colômbia, Chile, México, Nicarágua. Gente mais barata para servir em tropas terceirizadas e fazer o trabalho sujo de guerra.

O Cachorro-louco media cerca de um metro e noventa de altura, pele e cabelos morenos, e tinha uns quarenta e cinco anos. Uma cicatriz ia do queixo até a testa, passando perto do olho direito. São eles. Afirmou o Cachorro-louco. O que eles fizeram? Perguntou o cabo. Você não precisa saber. Toma, pega a câmera e liga ali! E passou uma mochila camuflada para o cabo. O cabo obedeceu. O sargento ficou olhando. O Cachorro-louco se aproximou dos três homens amarrados. Um dos presos tentou falar, mas a mordaça não permitia. Outro chorava. O terceiro permanecia quieto. Não vamos tirar as mordaças? Perguntou o sargento. Não, não vamos. Eles não precisam falar. Nós não precisamos ouvir. E de forma mais lenta e sinistra prosseguiu... Vamos arrancar as bolas e empalá-los. Um por um. E sangrarão até morrer. Isto durará a noite inteira. Vamos começar. Os três homens amarrados se agitaram ao ouvir o Cachorro-louco, mesmo o que estava quieto antes. E foi por ele que começaram. Um por um, até o amanhecer. Depois de tudo acabado, o Cachorro-louco pegou a câmera, guardou na mochila e foi embora. O sargento e o cabo ficaram para limpar a sujeira.

## Puta

*Esta é uma história baseada em fatos reais.*

**Leblon**. O carinha se apresentava como poeta, morava com os pais num dos bairros mais caros da Zona Sul carioca, tinha quase trinta anos e dizia que o amor é uma invenção burguesa pra confundir o proletariado. Por incrível que pareça, era divertido estar com ele, um idiota acima da média dos trastes que conheci. Tudo bem que eu tinha vinte e dois anos, mas já havia feito programa com tanto filho da puta que não era mais trouxa de cair na lábia de qualquer um. O Poeta (é assim que vou chamá-lo) era um idiota inofensivo, um bobo, e era engraçado. Mesmo suas perversões eram bem básicas, nada que provocasse ânsia de vômito ou hematomas. Tem muito maluco por aí. A obsessão dele era gozar na minha boca. Não tinha tara por comer um cu, embora disso eu sentisse falta. Gosto de anal. Gozo mais até do que na buceta, a não ser que me chupem antes, mas homem tem nojinho de colocar a boca numa buceta, ainda mais de puta.

Fui eu que tomei a iniciativa com o Poeta. Na verdade, ele nem tinha me percebido na mesa ao lado no bar do Leblon. Eu estava com o Gerente (é assim que vou chamá-lo), um coroa funcionário da Caixa Econômica Federal. A gente costumava sair há algum tempo, ele me conheceu no inferninho da Prado Júnior que eu fazia pole dance, numa época em que eu não tinha uma carteira de clientes. O Gerente me arrumou um emprego de posso-ajudar na Caixa, queria que eu saísse dessa vida. A quantidade de mané que quer tirar a gente dessa vida... — é um clichê isso. Posso-ajudar é aquela pessoa que fica na porta da agência e vira pra você quando entra e diz: posso ajudar? Eu gostava do trabalho, parei com o inferninho e passei a fazer programa com hora marcada sem o Gerente saber. Levei muita cantada na porta da agência, onde acabei arrumando uns clientes também. Poucos. Era importante manter a discrição.

Naquela noite no bar, o meu companheiro de mesa falava exatamente sobre discrição. Ele queria saber se o boato que rolava na agência era verdade. Não tinha boato algum. Ele jogava verde pra ver se eu continuava na vida de puta. Claro que eu continuava. Um programa bom numa noite me dava mais do que o salário de posso-ajudar. Acontece que eu gostava de ajudar as pessoas e gostava mais ainda de ter carteira de trabalho, apesar do salário ruim. Eu me sentia fazendo parte da coletividade, entende? Eu não prestava atenção no que o Gerente falava, e sim no papo da mesa ao lado, do Poeta e de um casal. Ele falava dos seus poemas e do seu blog que estava fazendo sucesso na internet. Aquilo me deixou ligada na conversa, logo lembrei das garotas que fizeram sucesso escrevendo histórias com os clientes, teve história que foi até parar no cinema. Quando a mulher que estava na mesa foi ao banheiro, fui atrás. Escrevi meu nome e telefone num guardanapo e pedi que ela entregasse ao amigo. Falei que ouvi ele dizendo que era poeta e fiquei interessada, queria contar minha história e não disse mais nada. No dia seguinte, ele me ligou. Marcamos no mesmo bar, ele insistiu. Depois me confessou que teve receio de ser algum tipo de golpe, achou mais seguro voltar ao mesmo lugar. Eu contei logo a minha história e ele não demorou pra me encher de perguntas. Sim, comecei a fazer programa porque umas amigas faziam e ganhavam uma boa grana, então eu fui com elas ver qual era. Sim, não é tão ruim. Às vezes é bom. Gozo. Tem uns malucos. Não vou com qualquer um. Já paguei paixão e acreditei que o cara largaria a mulher pra ficar comigo. Não largou e ainda passou meu telefone pros amigos. Fiz programa com os amigos. Nunca apanhei. Uns tapinhas sim. Quis saber dos pervertidos. Contei alguns, inventei algumas coisas e disse que contaria mais se ele topasse escrever minha história. Ele disse que era poeta e não escritor. Perguntei do blog, se era fácil fazer um. Joguei os nomes das garotas que fizeram sucesso escrevendo suas histórias com os clientes no papo. Então ele disse que tinha entendido o que eu queria. Topou ajudar. Falou que precisaríamos nos encontrar mais vezes e que começaria a anotar tudo que eu contasse, que faria muitas perguntas, a maioria íntima. Eu disse que tudo bem e perguntei se a casa dele era perto, a gente podia esticar a noite lá. Eu já tinha tomado duas caipirinhas e ele uns cinco chopes. Ele respondeu que não dava pra ir pra casa dele, pois morava com os pais. Completou que era provisório, mas eu já desconfiava que o Poeta fosse um playboyzinho da Zona Sul. Tudo bem, fica pra outra noite, eu disse, e coloquei o canudo na boca. Fiz de sacanagem. Ele estava até aquele momento sentado na minha frente. Trocou pro meu lado e me deu um beijo. Demos uns pegas ali e combinamos de nos encontrar no dia seguinte na Cinelândia. Foi ideia dele. Tem o Amarelinho lá, muito bom, falou. Só no dia seguinte no Amarelinho entendi que ele já tinha pensado numa esticada. Conhecia um motel nas imediações que dava pra entrarmos discretamente a pé. Não falamos nada de grana, já estava subtendido que eu pagaria o trabalho dele de escritor da minha história com sexo e vice-versa. Pra mim foi ótimo. Ele era bonitinho, cheiroso, simpático e engraçado. O pau era pequeno, mas e daí? Estava bom. Eu iria perder apenas os meus orgasmos com umas boas socadas no rabo, porém cabeçudo por aí nunca faltou.

A fissura do Poeta era mesmo gozar com um boquete. Pau de treze centímetros, não mais que isso. Cabe todinho na boca. A trepada foi gostosa, mas nada de orgasmos, não pra mim, *sorry*. Curtia o papo, as perguntas que ele fazia, a cerveja. Ele estava com um bloco de notas e caneta. Fazia cara de sério. Antes de irmos embora, depois de um banho juntos, pediu que eu o chupasse de novo. Nos despedimos no ponto de ônibus. Ele pegou um táxi. Fiquei ali, sozinha. Como não era tarde, fui pra minha casa, no Engenho de Dentro. Casa da minha avó, na verdade. Morava com ela desde os sete anos, quando a minha mãe morreu. Ela tinha trinta e dois, o infarto foi fatal, não deu tempo nem de ser socorrida. Morreu em casa. Numa noite, eu a encontrei no chão frio da cozinha de manhã. Nunca esqueci. Na hora soube que a havia perdido. Éramos só nós duas e a vovó. Não conheci meu pai. Elas não falavam dele. Nem o nome. Corri até o quarto da vovó, ela demorou a entender o que eu balbuciava debaixo do choro. E ficamos assim, as duas, uma sem a mãe, outra sem a filha.

No dia seguinte, o Poeta ligou pra me fazer uma proposta. Ele ia passar o feriado de Ano-Novo em Búzios, um amigo tinha alugado um apartamento de dois quartos e ia com a namorada. Ele não queria ir sozinho. Topei na hora. Búzios! Ele ainda disse que outros amigos tinham uma casa enorme, com piscina e churrasqueira, na beira da praia, talvez rolasse até passeio de barco se o pai desses amigos estivesse presente. Sem ele, ninguém podia usar a lancha, parece. Ainda faltavam duas semanas, eu passaria o Natal com a minha avó, como sempre fazia. Não vi o Poeta nesse tempo, vi o Gerente. Fiz dois programas com ele. Sim, ele me queria fora daquela vida, no entanto pagava pra me fuder. Tomava o Viagra, o pau de dezessete centímetros parecia que ia explodir, e comia a minha buceta até passar o efeito do remédio, só trocava as camisinhas. Eu ficava assada, não machucada. Não gozava muito, tinha que estar no clima. Às vezes ele pedia pra me enrabar. Aí eu gozava muito. Mas não era toda vez que ele queria. Gostava do eterno papai-e-mamãe e de me beijar na boca. Era um romântico aquele velho gagá de merda. Baita desperdício de pau. Os dois programas com ele antes da viagem garantiram uma grana pra comprar roupas novas e biquíni pra não fazer feio em Búzios.

**Búzios**. O Poeta e eu ficamos no mezanino do apartamento, improvisado de quarto. Era aconchegante com o ar-condicionado ligado, fora isso, durante o dia, era uma sauna desgraçada. O Amigo e a Namorada (é assim que vou chamá-los) ficaram na suíte. Não fui com a cara deles, casal cheio de frescuras, aquela gente metida a besta da Zona Sul carioca, rotina de faculdade, academia, clube e piscina no fim de semana e trepada ruim. Logo na primeira noite, a Namorada de pileque já confidenciava pra mim que nunca teve um orgasmo, e lá vai a puta ensinar as coisas à filhinha-de-papai — é um clichê isso também. Perguntei se ela se masturbava, fez careta e disse claro que não! Ora, garota, se você não se dá prazer como vai querer que o seu namorado dê? Ele nem chupa você? Claro que não! Ele tem nojo, né? Mas você chupa ele, não? Sim, chupo. E ele gosta de comer a minha bunda, às vezes sangra. Você não gosta de dar a bunda? Claro que não! Machuca. A Namorada era a garota do claro-que-não, e de pileque era ainda mais insuportável, achava que éramos amigas de infância, e só nos conhecíamos há cerca de quatro horas. O Poeta e o Amigo estavam na sala bebendo umas cervejas e fumando um baseado, enquanto ela me falava essas merdas no quarto e se arrumava pra gente sair. Eles queriam andar um pouco na Rua das Pedras, que eu estava doida pra conhecer, pois via sempre nas novelas.

O passeio daquela primeira noite foi rápido, não entramos em boate alguma, estavam todos cansados da estrada, e eu não insisti com o Poeta. Já estava bom. No apartamento, subimos pro mezanino, o ar-condicionado já no talo desde antes de sairmos, eu ainda precisei pagar o boquete do playboy e engolir sua porra. Se ainda me enrabasse, mas virou pro lado e dormiu. Eu estava sem sono, desci até a cozinha, abri uma lata de cerveja e me sentei no sofá. A porta da suíte estava fechada, o casalzinho devia estar dormindo. Dois dias pra noite de Ano-Novo. Terminei a cerveja, fui ao banheiro mijar e subi pra dormir. No dia seguinte, acordei com o Poeta em pé na minha frente, de banho tomado, toalha enrolada na cintura. Quer me chupar? Foi a primeira coisa que me disse. Mais tarde, respondi. Deixa eu acordar primeiro. Eu me levantei puta, vá se fuder, moleque. Nem acordei, estou morta de fome, não quero seu esperma de café da manhã, pensei. Moleque mimado. Ele não insistiu e saímos os quatro pra casa dos tais amigos bacanas com piscina, churrasqueira, lancha e o caralho a quatro. Chegamos lá e já havia umas dez pessoas dentro da piscina, já tinham também acendido a churrasqueira. O Poeta me apresentou a todos. Dei um mergulho. O dono da casa, pai desses dois amigos, não havia chegado ainda. Talvez rolasse passeio de barco no dia seguinte. Tomei uma caipirinha e fiquei batendo papo com umas garotas dentro da piscina. Uma delas, bem nova, devia ter dezessete anos, me perguntou a minha vida inteira. Inventei minha vida inteira pra ela, faculdade trancada, namorados, uma namorada. Nunca teve bosta de faculdade alguma, foi um sufoco terminar a escola, e namorada só se for programa com colega junto, tem uns caras que levam duas, três, até quatro garotas e querem que a gente se coma porque já estão de pau tão mole de bêbados que nem conseguem fuder a gente. A

Novinha (é assim que vou chamá-la) se interessou justamente pela história da namorada inexistente. Grudou em mim. Eu teria me divertido com ela se não tivesse acontecido uma merda das grandes. O desgraçado do dono da casa chegou e eu o reconheci na hora. Já tinha feito programa com ele. Uma única vez, quando ainda frequentava o inferninho da Prado Júnior, mas eu não esqueço um bacana. E aquele cara era um bacana. Empresário de uns sessenta anos, nem magro nem gordo, grisalho, boa pinta. Gelei. E se ele se lembrar de mim? Não vai se lembrar, tentei me convencer. Esses escrotos fazem programa direto. Vivem comendo puta. A mulher dele chegou com ele, uma madame, botox, cabelo loiro, barriga lipoaspirada. O de sempre. Vieram com um casal de amigos. Fiquei na minha. Continuei bebendo caipirinha. Comi churrasco. Aturei a Namorada e a Novinha. O Poeta parecia se divertir bastante com os amigos e só me deu a atenção necessária pra saber se eu estava curtindo também.

Anoiteceu, as garotas entraram e foram tomar uma ducha e trocar de roupa. Fui com elas. Foi quando cruzei, na volta, com o dono da casa. Ele estava com ódio, deu pra perceber nos olhos dele. Pegou com força o meu braço e me puxou pra dentro de um quarto que servia de lavanderia, ao lado da cozinha. Fechou a porta e já foi dizendo sua putinha, o que está fazendo na minha casa, quer me fuder?, quer dinheiro?, eu mando matar você, sua piranha, você não sabe com quem está lidando... Eu tremia inteira, não consegui nem responder peraí, foi coincidência, não quero nada; ele tirou um bolo de notas do bolso e disse some da minha casa, mas seja discreta, fala pro idiota do amigo do meu filho que está passando mal, ele está nessa com você? Mato ele também. Eu consegui dizer n-ã-ã-o, ele me deu as notas amassadas, na verdade colocou dentro da minha calcinha, enfiou a mão lá no fundo, abriu a porta e disse vaza, garota. Eu saí correndo, estava pálida, fui até o Poeta, disse que estava passando mal. Ele não queria ir embora, claro, eu ameacei ir sozinha, ele viu que era grave e decidiu ir embora comigo.

No apartamento, a merda do mezanino parecia uma sauna, o Poeta ligou o ar-condicionado, mas não dava pra ficar lá em cima. Fui tomar um banho gelado. Ele quis ir comigo. Nem respondi, entrei, tranquei a porta. Tirei o bolo de notas da calcinha. Tinha uns vinte programas ali. O bacana deve ter ficado mesmo muito assustado. E a ameaça foi real. Esses caras são capazes de atrocidades piores. Eu precisava ir embora. Mas falar o que pro Poeta? Tomei a ducha e tentei me acalmar. Aí veio o plano.

Vamos fumar um, Poeta?, eu perguntei, enrolada na toalha. Quero uma chupada, ele disse, claro. Prepara um aí que chupo você enquanto fumamos. Vou me vestir. Fica assim, tá me dando tesão. Fiquei enrolada na toalha. Fumamos o baseado. Consegui relaxar. Tomei uma cerveja. Chupei o caralhinho do Poeta na sala mesmo. Engoli a porra. O ar-condicionado já tinha melhorado a situação no mezanino. Subimos e demos uma trepada meia-boca. O Poeta adormeceu. O plano era esse. Eu me vesti, arrumei minha mochila e quando já estava pra descer, vi o bloco de anotações dele sobre a mesinha de cabeceira. Esqueceu de guardar, pensei. Em nenhum momento naquelas semanas todas me deixou ler merda alguma. Peguei o bloco e desci. Eu me sentei no sofá. Cafajeste filho de uma puta! Ele vinha escrevendo sobre as nossas trepadas, sobre como era comer uma puta zero-oitocentos, como era só mandar que a puta satisfazia seus desejos etc. Filho de uma puta! Ele não estava escrevendo a minha história. Tinha uma passagem ou outra sobre o que contei de perversões de clientes, mas a história era a do Poeta comendo a Puta (é assim que vou me chamar, que burra eu sou!). Rasguei aquela merda toda e joguei na privada. Deve ter entupido a porra toda, porque não desceu tudo. Dei uma cagada e não toquei a descarga outra vez. Tomei mais uma ducha, sempre faço isso depois de cagar. Saí do apartamento aliviada. Foda-se o bacana. Foda-se o Poeta. Foda-se toda aquela gente escrota. Vão se fuder! Andei até a rodoviária. Sem ônibus. Vi um posto de gasolina. Fui pra lá. Entrei na loja de conveniência, comprei duas latonas de cerveja e me sentei do lado de fora. Alguns caminhões estavam parados perto do posto, fiquei observando. Perguntei pro frentista se ele sabia se algum daqueles caminhões estava indo pro Rio de Janeiro. Ele perguntou se eu procurava uma carona. Não, idiota, eu pergunto esse tipo de coisa à toa mesmo, pensei. Mas respondi que minha família ligou, meu irmãozinho estava doente, no hospital, eu tentei comprar passagem na rodoviária, mas o ônibus ia sair em três horas, eu não podia esperar. Ele acreditou na história e disse que ia ver pra mim. Voltou cinco minutos depois e falou que o "seu" Caminhoneiro (é assim que vou chamá-lo) estava indo pro Rio e sairia em poucos minutos. Ele me daria carona. Apontou pro caminhão. Eu já havia terminado as cervejas, pedi a chave do banheiro, fui dar uma mijada. O tal do Caminhoneiro foi simpático comigo. Não tinha cara de estuprador ou serial killer. Era um homem maduro, chutei uns cinquenta anos. Pele morena, braços grossos, a barriga natural de chope, mas pequena.

Pegamos a estrada e fomos numa boa conversando. A música que era ruim, umas bostas sertanejas mela-cueca insuportáveis. Ele perguntou onde eu ficaria no Rio, eu respondi que podia ser no Centro mesmo, quando entrasse na cidade, eu não queria atrapalhar. Perguntou onde eu morava. Respondi em Botafogo. Com meu pai, minha mãe e meu irmão, que estava internado. Fiz cara de preocupada. Ele falou que me deixava lá, ou no hospital. Eu disse que não precisava. Insistiu. Tudo bem, me deixa no Souza Aguiar. Não demorou muito pra começar a me falar coisa do tipo uma menina bonita como você, preocupada com o irmãozinho, blá blá blá. Eu já estava esperando. Rola sempre. Macho é previsível. E ele já vinha me filmando desde o posto de gasolina. Deu uns dez minutos, ele não disse nada, apenas encostou o caminhão no acostamento. Estávamos literalmente no meio do nada. Pronto, pensei, agora que esse estuprador e serial killer me come e me corta em pedacinhos e joga meu corpo no mato da beira da estrada. Estuprador e serial killer não tem cara, sua idiota, disse pra mim mesma. Ou melhor, tem cara de gente normal. Ficamos uns três minutos calados. Aí respirei fundo e perguntei o que ele queria. Ele não respondeu. E eu, pensa rápido, sua idiota! Toma conta da situação. Anda. Virei pra ele e falei pra ele me mostrar. Quero ver seu caralho, eu disse. Fiz cara de puta, porque puta tem cara. Ele sorriu e colocou o pau pra fora. Cabeçudo!, gritei. Na mesma hora, eu já não pensava mais em ser picotada e jogada no mato. O Caminhoneiro tinha um daqueles paus incomuns e excepcionais, um pau cabeçudo, que me deixava sempre encharcada só de olhar. Eu fiquei quase em pé sobre o banco, arriei o short e a calcinha, montei de costas sobre ele, virada pro capô, segurei no volante e berrei venha me enrabar, cabeçudo filho da puta!

## Do amor e de outras tristezas

Dizem que Mário é um jovem de boa família, culto e rico. Que não é bonito, apesar de gozar de algum charme, o que o faz ser disputado pelas moças da sociedade. Até o dia em que conhecerá Mariana. Nesse dia, a deusa Fortuna exibirá para ele seu sorriso de Gioconda. Mariana é prima de segundo grau de um amigo dos tempos de escola. Estarão todos em uma cobertura em Copacabana. Festa de Réveillon. A noite será clara, iluminada por uma lua cheia ligeiramente amarela e pelos holofotes do calçadão. Mariana gostará de Mário. Mário gostará de Mariana. Eles se beijarão no primeiro minuto do novo ano e passarão aquele verão inteiro juntos. No entanto, depois das festas carnavalescas, para surpresa e desespero de Mário, Mariana o trocará por Roberto. Dizem que Roberto é mais rico e mais culto do que Mário. E que também é mais maduro e de família mais bem-conceituada. Além disso, é bonito. Mário ficará arrasado. Perceberá que, para Mariana, ele terá sido um amor de verão, enquanto ela, para ele, será o amor de toda uma vida. Mário escreverá cartas para Mariana e ela mandará devolver todas, para que ele saiba que não foram abertas. "Quem envia cartas nos dias de hoje?", Mariana fará a si mesma esta pergunta e pensará no inconveniente de recebê-las e ter de devolvê-las. "Se pelo menos enviasse e-mails, eu marcaria como spam." Mário começará a beber muito, a virar garrafas inteiras de uísque dezoito anos. E certo dia, embriagado, colocará uma dessas cartas dentro da garrafa vazia e a jogará ao mar. Não fará sentido. Nada, porém, fará mais sentido para Mário-sem-Mariana. As cartas dentro de garrafas vazias e jogadas ao mar pelo nosso personagem se tornarão rotina. Logo Mário esvaziará outra garrafa enquanto escreverá outra de suas cartas para Mariana, e dirá para si mesmo que esta será a última, depois colocará a carta dentro da garrafa e entregará as duas e parte de sua tristeza às ondas infatigáveis do mar. Mário já não será disputado por moça alguma. A própria família desistirá dele. Seu charme, o pouco de que ainda gozará, se perderá, consumido também, como o uísque dezoito anos de todo dia. Não receberá resposta de Mariana nem de ninfas efidríades que — dizem poetas e trapaceiros — habitam o mar. Mário, o alcoólatra. Somente treze anos depois, ajudado por amigos compadecidos, Mário largará os vícios de álcool e de Mariana, frequentará reuniões de AA e a encontrará em outra festa de Réveillon na mesma cobertura em Copacabana, casada com Roberto, dois filhos pequenos, esperando o terceiro e não dará a mínima bola para ela. Mário ignorará a agulha fina e glacial transpassada em seu peito por rever Mariana mesmo depois de mais de uma década. Mas nesse mesmo dia, quando descer para a praia lotada de gente, depois dos fogos de artifício, conhecerá Beatriz.

# A necromante, os lobos e as ovelhas

A velha necromante estava com os olhos fechados, em pé, sozinha em seu barraco, e um incenso exalava no ambiente um cheiro acre, enjoativo. Ela falava de modo sorumbático. Dizia: Eu vejo a mulher. Ela é pequena e seus cabelos são cacheados e perfumados. Ela sente medo. Atrás dela tem uma menina de dez anos e um rapaz de quinze. Eles também sentem medo. O pescoço da mulher é bastante fino, sua pele é branca e macia. Três homens estão diante deles. Não! Não me mostra, não! Eu não quero ver! A velha necromante caiu de joelhos e colocou as mãos cobrindo os olhos, que permaneciam fechados. Estava quente dentro do barraco e a fumaça do incenso fez a velha ter uma crise de tosse. Ela suplicava para não ver o que estava prestes a ver. Ela agora enxergava através de outros olhos, olhos que não eram os seus, que nunca foram, que nunca seriam os seus. Ela era impelida a enxergar. Ela era impelida a sentir. Ela era impelida a dizer. E a velha necromante disse que o primeiro dos homens agarrou a mulher e a arrastou para outro aposento da casa. A menina e o rapaz ficaram sozinhos com os outros dois homens. Um deles se aproximou do rapaz. Usava uma balaclava preta com o desenho de uma mandíbula de caveira. O terceiro homem tinha o rosto descoberto. O homem que levou a mulher também. A menina chorava e o irmão a abraçava. Mas o homem com a balaclava os separou de forma bruta. Jogou a menina na direção do colega e pegou o rapaz pelo braço, subindo com ele uma escada de caracol. No andar de cima, o homem acertou um murro no rosto do rapaz, que caiu de bruços no chão. Saía sangue de sua boca.

de criança tanto assim. Então foi em direção ao outro aposento. Viu o companheiro com a mãe da menina e do rapaz. O companheiro notou sua presença e disse de forma ríspida para ele sair dali e esperar a vez. Enrabava a mulher, que parecia desfalecida e tinha um hematoma no olho esquerdo. Ele obedeceu e saiu. Algum tempo depois, o homem que estava com a mulher voltou para a sala. Viu a menina nua e desmaiada no sofá. Perguntou o que aconteceu. Ela estava morta. Na euforia, teve o pescoço quebrado, foi a resposta. O homem se encolerizou. Não era para terem tocado nas crianças, disse. Era para esperar a vez com a mulher. Onde está o rapaz? Lá em cima. Está vivo? Acho que sim. Vá ver, então, porra! Se estiver vivo, mata! Fizeram merda, agora resolvam! E tira essa balaclava estúpida do rosto, caralho! O homem que usava a balaclava a tirou e subiu novamente a escada de caracol. O rapaz continuava na mesma posição fetal no chão. Os olhos semiabertos. O homem sacou a pistola Taurus PT92 calibre 9 mm da cintura e deu um único tiro na cabeça do rapaz. Problema resolvido, disse. Desceu a escada. A mulher deixa comigo, falou o outro. Foi até o aposento que estava a mulher. Ela também permanecia no chão, sentada e nua, encostada na beirada da cama. Os olhos arregalaram-se quando o homem voltou. Eram olhos grandes, ficaram enormes. Meus filhos? Ela perguntou. Estão mortos, respondeu o homem, que apontava um revólver preto fosco calibre 38 na direção dela. Foram dois tiros no peito. A mulher tombou para o lado. Duas horas de terror, disse a velha necromante. Tempo demais. Salva-me, Maria Santíssima! Salva-me dos meus pesadelos e leva mãe e filhos com você! Faça-os esquecer! Ela sussurrava, os olhos fechados, e um incenso exalava no barraco um cheiro acre, enjoativo.

## Feminicídio

Safada. Sumiu por dez dias e eu procurando ela como louco, nossa filha ligando pra todo mundo, fui bater nos hospitais, no IML, na puta que pariu, em tudo que é lugar que aquela vagabunda já frequentou, ninguém sabia dela, nada. Aí me liga, diz que não vai voltar, pede pra falar com a nossa filha. Pergunto onde estava. Num motel da BR 101 perto de Tarituba. O que fazia lá, vagabunda? Não importa, não é da sua conta, disse. Não é da minha conta? Vou arrancar todos os seus dentes, sua desgraçada. Me conta? Ela contou. Acredita que estava com um namoradinho da adolescência? Tava com o amor da oitava série, disse. Não deixei ela falar com a nossa filha. Então a safada foi atrás da menina. Vou ficar com o amor da oitava série, filha. Não quero continuar com o seu pai. Vagabunda, passa dez dias fodendo como uma piranha, depois decide morar com o tal do namoradinho, quer viver os anos da juventude, recuperar alguma coisa, sei lá, isso a desgraçada me falou quando fui atrás dela. Descobri onde o traste mora. Eu amava ela. Vinte e cinco anos de casamento. Nossa filha tem vinte. Ela sempre foi uma mãe exemplar. Mulher do lar, sabe? Nunca me traiu a filha da puta, até esse namoradinho da oitava série aparecer. Como eu sei? Na verdade, agora pensando bem, eu não sei. Vagabunda. Não vou botar a minha mão no fogo. Dez dias desaparecida. Dez dias, e eu vendo cadáver de mulher-qualquer pra reconhecer a mãe exemplar da minha filha, a minha esposa recatada, rainha desse nosso lar. Não se faz isso, fornicando em motel de estrada e abandonando tudo pra viver com outro homem. Fiquei remoendo a vergonha, a humilhação. Daí tive uma ideia. Não vou enganar ninguém agora. Premeditei tudo. Falei que a nossa filha precisava conversar com ela, pedi pra vir aqui em casa, a menina não estava, tinha aula, ela estuda no Paula Souza, vai se formar técnica de enfermagem. Ela veio. Deixei entrar. Chorei, fiquei de joelhos, abracei a cintura da desgraçada. Eu beijei a mão dela. Implorei, sabe? Implorei que voltasse. Eu perdoo a traição, falei pra mulher que vivi sob o mesmo teto vinte e cinco anos. Ela disse que não ia voltar, que me amou, mas que a gente vivia infeliz há muitos anos, que ninguém merecia viver infeliz, que ia ser melhor pra todo mundo, e que um dia eu ia agradecer. Agradecer? Filha da puta, eu gritei. Filha da puta. Agradecer ter levado um par de chifres? Ser corno na frente de toda a vizinhança, dos parentes, dos amigos? Ela pediu pra eu me acalmar. Eu xinguei. Xinguei ela de tudo que é nome. Aí ela endureceu, seus olhos ficaram gelados e disse que a nossa filha ia morar com ela, que já tinham conversado. Eu fiquei com mais ódio. Minha filha não. Então eu disse que precisava ir ao banheiro. Mas fui, na verdade, até o quarto, abri o armário e peguei o trinta e oito dentro da última gaveta. Guardo ele atrás das meias, dezenas de pares de meias pretas. Não gosto das brancas, sabe? Então voltei pra sala. Ela estava arrumando os controles da tevê que deixei largados na mesinha de centro e não no tolo porta-controle que ela havia comprado na última liquidação de alguma loja de departamentos. Mulher é foda. Eu não ia deixar por isso mesmo. Saquei o trinta e oito da cintura, escondido debaixo da blusa, e descarreguei tudo na vagabunda. Mirei na cabeça. À queima-roupa. Matei, sim. Se não vai ser minha, não vai ser de mais ninguém. E não vai levar minha menina pra morar com outro homem. Confesso que matei. A mãe exemplar da minha filha, a minha esposa recatada, rainha desse nosso lar. Prometo ser fiel, amar-te e respeitar-te, na alegria e na tristeza, não era pra ser? Eu disse a vida toda pra ela, meio de brincadeira, mas falando muito sério, se me trair um dia eu te mato, mulher. Isso é tudo. Quer dizer, depois liguei no um-nove-zero e chamei vocês. Defesa da honra, sabe?

## A primeira vez de um homem

Ele está debaixo do chuveiro. Abriu apenas a torneira de água fria. Precisava de um choque térmico. Era como se estivesse com febre. O pau, duro. Sabia que depois de lavar todo esse sangue do corpo se masturbaria. A excitação da primeira vez. Ou seria assim toda vez que matasse alguém, pergunta-se. Queria experimentar novamente. Já pensava no próximo assassinato. Faria exatamente como planejou o primeiro. Havia funcionado tão bem, congratula-se. Dias, semanas de planejamento. Buscou a simplicidade. Tocou a campainha, disse ser o vizinho de outro andar, jogou spray de pimenta nos olhos do indivíduo, que ele sabia estar sozinho no apartamento, e, antes que a vítima pudesse gritar, acertou a cabeça com dois golpes de um martelo robusto de pouco mais de um quilo. A vítima, um homem de setenta anos, calvo, magro e com um metro e oitenta de altura, cambaleou e caiu no chão desacordado. Ele entrou no apartamento e fechou a porta. Depois tirou a lâmina do bolso da calça — o spray de pimenta e o martelo robusto de pouco mais de um quilo, guardou numa mochila que carregava nas costas — e cortou o pescoço do homem, como se cortasse um pãozinho de leite. O sangue espirrou em seu rosto, mãos e braços. Não tinha contado com isso. Foi até o banheiro, pegou uma toalha de mão e limpou o rosto. Preferiu não se lavar. Evitaria deixar impressões digitais pela casa. Para isso, trouxera um par de luvas cirúrgicas. Com as mãos razoavelmente limpas, colocou as luvas. Então percorreu os aposentos abrindo armários, móveis e suas gavetas e juntou tudo o que havia de valor — o que não era muita coisa — sobre a mesa da sala. Deixou o apartamento bagunçado, deste modo configuraria latrocínio. Mas o que menos importava para ele era o roubo. Não venderia nada, no máximo esses objetos serviriam como souvenires do seu primeiro assassinato. Tudo o que importa para ele é ter conseguido ir até o fim, é ter ultrapassado a linha rígida que separa o ordinário do insólito, ter se permitido tirar a vida de alguém sem motivo que não fosse o seu desejo egoísta de matar um ser humano, e também, agora percebe mais claramente, colocar-se numa situação perigosa; afinal, seria ele realmente capaz de não deixar pistas para a polícia? A realidade, nesses casos, seria próxima ou não dos livros e dos filmes? Quantos erros ele teria cometido dessa primeira vez? Todas estas perguntas passam por sua cabeça enquanto acaricia o pau debaixo do chuveiro. O gozo vem junto de uma impressionante quantidade de esperma. No andar de cima, um corpo espera para ser encontrado pela faxineira no dia seguinte.

## O smiley vermelho

A faca Imbel IA2 Policial está sobre a mesa da sala. O preto da lâmina brilha com a camada de óleo Singer que Miguel havia passado pouco antes. Ele olha para o seu relógio Seiko automático estilo militar com pulseira do tipo Nato preta no pulso. São três horas e quinze minutos. O sol da tarde entra pela janela da sala de estar. Não faz calor. É o mês de junho. A televisão está ligada em um canal de notícias por assinatura. Miguel presta atenção. A apresentadora descreve a aparência de um homem assassinado em seu próprio apartamento. Ele tinha setenta anos, era calvo, magro e com um metro e oitenta de altura. Havia levado duas marteladas na cabeça e um corte profundo no pescoço que o fez perder sangue até o óbito. O apartamento estava todo revirado, teria sido roubo seguido de morte, diz o delegado na entrevista. Os suspeitos usuais, ou seja, não sabiam quem teria cometido o crime, conclui Miguel. O prédio estava em obras, muita gente estranha entrando e saindo nas últimas semanas, prossegue dizendo o delegado. Miguel vai até a cozinha e pega uma flanela nova em uma gaveta. O ímã de um smiley vermelho na porta da geladeira o encara. Miguel retribui o sorriso. Tornara-se um hábito retribuir o sorriso para o smiley vermelho. Ele volta para a sala e deixa a flanela nova sobre a mesa. Vai até o quarto e pega sobre a mesinha de cabeceira a pistola Glock G19 calibre 9 mm. É dia de limpar também a arma de fogo. Ele a trata como a um bebê. Lembra-se do dia que a trouxe para casa e de como preparou o enxoval para a arma. A munição especial, a lanterna e a mira laser especiais. Gastou uma pequena fortuna com essa arma, admite para si mesmo e sorri outra vez. Está de bom humor. O telefone toca. Miguel atende. É o seu comparsa, o sargento. Ele não era mais sargento havia anos, nem Miguel era cabo. Tinham sido expulsos da corporação. Desde então alugavam sua destreza com armas e, tão importante quanto, sua discrição, para quem os pagasse. E não era barato. Miguel só esperava não ter mais que encontrar com o estraga-prazer do Cachorro-louco. Ninguém em sã consciência desejava encontrar com uma pessoa conhecida pela alcunha de Cachorro-louco, reflete Miguel, enquanto o colega do outro lado da linha passa para ele os detalhes do novo serviço. Grana fácil, constata Miguel, já animado com a perspectiva de comprar itens novos de upgrade para a sua Glock G19.

## Covid-19

*17 de março de 2020. São Paulo, Brasil. Primeiro óbito. Homem de 62 anos, diabético e hipertenso.*

8h30. Christiane me acorda para tomar o remédio e o suplemento vitamínico. Há dois dias, dobrei a medicação para a dor. Ontem ela me levou ao pronto-atendimento do SUS para pegar uma nova receita porque os comprimidos não seriam suficientes até a próxima consulta agendada. Um homem sentado ao meu lado espirrava sem colocar o antebraço na frente. Recebi uma máscara na triagem e, por fazer parte do grupo mais sensível ao vírus, a enfermeira foi imediatamente informar à médica. Saí de lá com a receita. Agora aguardo a Christiane voltar para casa. Ela foi ao laboratório buscar a lâmina da biópsia que fiz há um mês e meio e que constatou o câncer. Precisamos entregá-la ao hospital onde farei a cirurgia para a retirada do tumor. Em seguida, ela passaria na rodoviária para comprar nossas passagens para amanhã. Farei todo o tratamento no Rio de Janeiro. Ficaremos na casa da minha mãe.

12h15. Christiane me liga da rodoviária. Não há mais ônibus interestaduais. As cidades entraram em quarentena.

Na televisão vejo que os aeroportos ainda não fecharam. Digo para ela vir o mais rápido que puder para casa. A sua mãe está a caminho. Ela ficará com a nossa filha de quatorze anos. Já havíamos comprado comida para elas para os próximos dias. Tentaremos pegar um voo.

13h. Christiane chega. Eu estou terminando de arrumar a minha mala. Ela entra direto no banho. Depois liga para a mãe, que está longe. Resolvemos não esperar. Os aeroportos podem ser fechados a qualquer momento. Meus exames pré-operatórios no hospital do Rio são em dois dias. Esperávamos somente o laboratório liberar a lâmina da biópsia para partirmos. Pegaríamos um ônibus leito durante a noite, esta noite. Chamo um carro da Uber para nos levar ao aeroporto.

15h20. Christiane me avisa que sua mãe chegou na nossa casa. Nós estamos na fila da companhia aérea para comprar as passagens. Ainda há passagens. Estão seis vezes mais caras. Somente ida. Divido em cinco vezes no cartão. Despachamos as malas (levamos as maiores, com praticamente todas as nossas roupas, sabemos que passaremos muito tempo fora) e vamos para a área de embarque. Estou suando e, mesmo com a dosagem dobrada, sinto dores. Vejo o painel com os voos. Um atrás do outro, cancelados. O rapaz da loja de pão de queijo olha para mim, percebe o meu nervosismo e me diz que aqueles voos são os que têm conexão internacional. Foram cancelados porque não podem mais pousar em São Paulo. Mas os voos internos ainda estão saindo. Sento-me para beber uma garrafa de água com gás.

16h. O nosso voo é o de 17h10, com hora de embarque para 16h30. Mas no painel está o aviso de que ele está atrasado. Atrasado, não cancelado. Às 16h40 somos chamados para o portão de embarque. Foram os minutos de expectativa mais tensos. Vejo dezenas de pessoas no aeroporto usando máscaras. Não temos as nossas. Nas farmácias acabaram e compramos um pacote de cinquenta unidades pela internet que não chegou. Vejo as pessoas mexendo em suas máscaras, tirando-as para beber ou comer e depois colocando-as novamente. Usam-nas de forma errada, se houver vírus, já se contaminaram. Sinto-me pior porque eu deveria estar usando máscara.

17h40. O avião decola. Estou um pouco mais aliviado, mas Christiane está preocupada se para entrar no Rio estão fazendo exames e triagem. Não estão. Nada. Pegamos as malas, entramos no táxi e vamos para a casa da minha mãe. A minha mãe tem 73 anos, é diabética e hipertensa.

20h. Recebo a notícia de que um dos meus exames pré-operatórios foi cancelado. Os demais não. A cirurgia provavelmente será adiada. Há riscos novos a serem considerados. A minha prima liga para a minha mulher e avisa que conseguiu comprar máscara para eu usar quando for fazer os exames no hospital depois de amanhã. É uma boa notícia para terminar este dia. Sabemos que ficaremos de quarentena na casa da minha mãe, saindo apenas para ir ao hospital. Nossa filha está com a avó na nossa casa e ficará bem. Amanhã de manhã, acordaremos com a informação de que os aeroportos também seriam fechados.

## Vedes a iniquidade que nos atinge?*

Faz um ano, logo que as cidades começaram a fechar suas fronteiras e as pessoas foram submetidas ao confinamento em suas casas, que eu comecei o tratamento contra um câncer. Nos meses seguintes, passei por quimioterapia, cirurgia para a retirada do tumor e radioterapia. Tive Covid-19 durante o quarto e último ciclo da quimioterapia, mas isso eu soube apenas quando fiz a tomografia para poder ser operado. Na ocasião, pensei que os efeitos da Covid-19 eram efeitos novos do tratamento químico. Foram dez meses de idas e vindas ao hospital, enquanto o mundo experimentava uma sucessão barroca de catástrofes. Quase todo esse tempo tomando morfina e antidepressivos. Contudo, mesmo com os remédios, a dor era uma constante companhia. Enquanto eu me segurava à vida, outros morriam diante dos meus olhos, ou devido ao câncer ou ao novo coronavírus. Ao meu redor, era a morte a iniquidade que atingia um, outro e tantos que hoje, um ano depois, somam mais de quatrocentos mil corpos enterrados pela pandemia nesta pátria sem república e sem história, pária, estendida brutalmente sobre um cemitério indígena e africano. Nós que, espíritos desconfiados e impiedosos a caminho de um ato de contrição final, desejamos a eternidade, agora clamamos para que o coração do mundo não pare de bater ao meio-dia.

Os exames revelam que tenho o câncer mesmo após todo o tratamento do ano passado. Em breve, os médicos vão me

---

* Final de *Prometeu acorrentado*, de Ésquilo: "Vedes a iniquidade que me atinge?"

dizer se passarei por uma segunda cirurgia e se farei novas sessões de quimioterapia e radioterapia. Hoje, a boa notícia é que não há metástase.

## Ressonância magnética

Às seis e vinte da manhã já estávamos no hospital para refazer o exame. Telefonaram três dias atrás para dizer que o médico solicitara. Minha mulher ficou preocupada. O que mais podia ser? Só querem ver melhor a região com o tumor, respondi, como se tudo seguisse a ordem natural das coisas. Mas havia muito tempo que não vivíamos em ordem natural de coisa alguma. Eu estava sendo fodido pela segunda vez por esse câncer implacável. Sempre imaginei que todo e qualquer câncer fosse implacável, afinal estar com câncer é uma merda das grandes, só que, sem nunca ter passado por um, a gente tem uma ideia romântica da doença, ou, no caso de um contador de histórias como eu, uma ideia romanceada da doença, como de tudo mais. Há câncer implacável, mas há também câncer *verdadeiramente* implacável, que é aquele câncer tão agressivo que o tratamento é para ele um bom bife com feijão, arroz e batatas fritas a alimentá-lo, enquanto você definha e chega aos cinquenta quilos. No hospital, furam você para passar contraste, mas a veia está tão fina e escondida por causa da quimioterapia que precisam furar você novamente quando já está há mais de uma hora deitado dentro da máquina de ressonância magnética. No entanto, você sai de lá agradecido porque da segunda vez não doeu tanto quanto da primeira e você já pode vestir a sua roupa e ir para casa, onde daqui a pouco é hora de tomar outra dose de morfina e você está feliz porque justamente hoje você dobrou a quantidade do remédio porque a dose anterior já não era o suficiente, então você vai passar os próximos dias sem dor e vai poder ler um livro, assistir a um filme e, se tiver muita sorte, se sentir bem a ponto de se masturbar no banho. Em casa, a filha está em aula usando o computador no quarto de porta fechada — um ano inteiro de escola em ambiente virtual devido à pandemia de Covid-19 —, os gatos vêm recebê-lo se espreguiçando e bocejando para pedir biscoitos e a sogra espera vocês chegarem porque passou a noite na casa de vocês para ajudá-los a resolver assuntos que não são relevantes para esta história; contudo, a sogra, que é advogada, conta algo que interessa a você, porque você é um contador de histórias, mas também é, sobretudo, um ladrão de histórias alheias, e já escreveu tantas histórias roubadas quanto inventadas, talvez mais, e desse modo você e outros contadores de histórias vão escrevendo juntos a narrativa do mundo, só que agora é a sogra quem conta para você que vai sair direto da casa de vocês para buscar com mandado judicial uma criança de uns cinco, seis anos raptada da mãe pelos avós paternos; foi assim: um belo dia eles decidiram não devolver mais a criança para a mãe. O pai da criança era um drogado que tentou roubar a casa de um vizinho, pulou o muro e levou dois tiros, um na cabeça e outro no peito. Ele não sabia (e nunca chegaria a saber, evidentemente) que o vizinho era policial. Agora a avó queria criar o neto no lugar do filho. Você não se interessa pela avó, nem pela mãe, muito menos pela criança. Você se interessa pelo sujeito estúpido e drogado, o pai morto, que escolheu assaltar um vizinho e tentou fazer isto sem sequer investigar quem morava lá, então teve o azar de o vizinho ser um policial. Tem gente que nasce cagada na merda da mãe e fica suja para o resto da vida. Ainda não sei se é também o meu caso. Mas hoje nada disso importa. É um bom dia. Estou sem dor e não me sinto tão azarado.

**RODRIGO NOVAES DE ALMEIDA**

(Rio de Janeiro, 1976) é escritor, jornalista e editor. Formado em Comunicação Social — Jornalismo, com pós-graduação em *Publishing* e passagens pelas editoras Apicuri, Saraiva, Ibep, Ática e Estação Liberdade. Autor dos livros *Carnebruta* (contos, Editora Apicuri e Editora Oito e Meio, 2012), *Das pequenas corrupções cotidianas que nos levam à barbárie e outros contos* (Editora Patuá, 2018), finalista do 61° Prêmio Jabuti na categoria Contos, em 2019, e *A clareira e a cidade* (poesia, Editora Urutau, 2020), entre outros. É fundador e editor-chefe da Revista Gueto e do selo Gueto Editorial, projetos de divulgação de literatura em língua portuguesa e celeiro de novos autores.

este livro foi publicado

no inverno

de 2021